Le kimono de Suki

Marc
Beaudet

Avec mon amour et ma reconnaissance à maman, papa, Kimi et Maki.
Et spécialement à Paul. — C.U.

Aux petits enfants qui ont du cran, partout dans le monde. — S.J.

Les mots japonais de cette histoire se prononcent
en allongeant légèrement les voyelles. Les voici :
Geta, qui se prononce *guéta*;
Obāchan, qui se prononce *obaatchane*;
Sōmen, qui se prononce *somène*;
Taiko, qui se prononce *taïko*;
Kimono, qui se prononce *kimono*;
Obi, qui se prononce *obi*.

Les illustrations de ce livre ont été réalisées à l'aquarelle.
Le texte a été composé en caractères Bembo.

Conception graphique : Karen Powers

Édition publiée par les Éditions Scholastic,
175 Hillmount Road, Markham (Ontario) L6C 1Z7,
avec la permission de Kids Can Press Ltd.

6 5 4 3 2   Imprimé en Chine   05 06 07 08

**Catalogage avant publication de la
Bibliothèque nationale du Canada**

Uegaki, Chieri
[Suki's kimono. Français]
    Le kimono de Suki / Chieri Uegaki ;
    illustrations de Stéphane Jorisch ;
    texte français de Marie-Andrée Clermont.

Traduction de: Suki's kimono.
ISBN 0-439-97507-7

I. Jorisch, Stéphane II. Clermont, Marie-Andrée
III. Titre. IV. Titre: Suki's kimono. Français.

PS8591.E32S8314 2003   jC813'.6   C2003-901572-6
PZ23

Le kimono de Suki

Chieri Uegaki

Illustrations de
Stéphane Jorisch

Texte français de
Marie-Andrée Clermont

Éditions
SCHOLASTIC

Le jour de la rentrée des classes, Suki décide de porter son kimono pour aller à l'école. Ses sœurs ne sont pas d'accord.

— Tu ne peux pas mettre ça, dit Mari. Les autres vont te trouver bizarre.

— Tu ne peux pas mettre ça, dit Yumi. Tout le monde va se moquer de toi et personne ne voudra jouer avec toi.

— Il te faut quelque chose de neuf, Suki.

— Il te faut des vêtements à la mode.

Mais Suki hoche la tête. Le neuf ne lui dit rien. Et elle n'a pas envie de suivre la mode. Elle veut porter son vêtement préféré. Et son vêtement préféré, c'est son kimono.

Ce kimono est un cadeau de son obāchan (sa grand-maman). Le jour où la petite fille l'a étrenné, son obāchan l'a emmenée à un festival dans la rue. Ensemble, elles ont mangé des nouilles de sōmen, froides et gluantes, qu'elles avalaient à même le bol en faisant beaucoup de bruit. Ensuite, elles ont partagé un cornet de glace concassée, nappé de sirop aux haricots rouges.

Puis, sous des guirlandes de lanternes en papier, Suki et son obāchan se sont jointes à un groupe qui dansait une ronde. La petite fille imitait les mouvements de son obāchan, essayant d'avoir la même grâce et la même légèreté. Suki a bien observé les femmes et les fillettes qui dansaient, surtout celles qui portaient des kimonos en coton comme le sien.

Plus tard, pendant le spectacle, Suki
s'est assise tout près de la scène. Et quand
les batteurs de taiko frappaient sur leurs
tambours, *bom-bom-bom-bom*, elle avait
l'impression d'avoir avalé une boule de
tonnerre tellement tout brassait et
frémissait dans sa poitrine.

Avant de quitter le festival, Suki
et son obāchan se sont arrêtées
devant un comptoir où l'on
vendait des souvenirs. Il y avait là
une foule d'objets, mais son
obāchan a trouvé le plus joli de
tous, un mouchoir en toile rose
pâle, orné de fleurs de cerisier
et de feuilles d'érable minuscules.

— Ce mouchoir t'aidera à te
rappeler notre journée, a-t-elle dit
en le donnant à Suki.

C'est l'heure de partir à l'école. Maman vérifie une dernière fois que l'obi de Suki est bien noué autour de sa taille, puis elle prend une photo de Mari, Yumi et Suki près de l'escalier, à l'avant de la maison.

Ensuite, elle suit des yeux les trois petites sœurs qui descendent la rue, en route vers l'école. Mari et Yumi devancent Suki de plusieurs pas, et elles font semblant de ne pas la connaître.

Mais Suki ne s'en fait pas pour si peu.
Elle se retourne pour saluer sa mère de la
main et poursuit son chemin, ravie de porter
son kimono bleu à motif d'éventails et ses getas
rouge luisant qui font *clip-clop* sur le trottoir.

De temps à autre, la fillette
lève les bras pour faire battre
dans la brise les manches de
son kimono, comme les ailes
d'un papillon.

En arrivant à l'école, Mari et Yumi courent rejoindre un groupe de camarades à l'autre bout de la cour. Suki s'arrête et jette un regard aux alentours. Quelques enfants se retournent et la dévisagent, d'autres éclatent de rire en désignant son kimono.

Mais Suki ne s'en occupe pas.

En attendant la cloche, elle s'assoit sur une balançoire. Une fillette vient s'installer sur la balançoire voisine. Elle porte une salopette. Suki a la même à la maison.

— Salut, Suki, dit la fillette.

— Salut, Karina, dit Suki.

— Pourquoi portes-tu des vêtements si bizarres?
demande Karina. Où as-tu pris ces drôles de souliers?

Suki soulève les pieds au-dessus du sable et fait bouger
ses orteils.

— Mes vêtements ne sont pas bizarres, dit-elle. C'est
ma grand-maman qui m'a donné mes souliers.

Poussant avec ses jambes, Suki s'élance dans les airs.
Après un moment, Karina en fait autant et bientôt, les deux
fillettes se balancent à toute volée. *Swouche, swouche,* aussi
haut qu'elles le peuvent, et encore plus haut!

Au son de la cloche, Suki et Karina sautent à bas des balançoires et courent au gymnase pour l'assemblée générale de la rentrée. Lorsqu'on les conduit enfin à leur nouvelle salle de classe, Suki choisit un pupitre près de la fenêtre et Karina choisit un pupitre à côté de Suki.

Pendant qu'elles attendent que tout le monde trouve sa place, deux garçons assis devant Suki se retournent et ricanent dans leurs mains. L'un d'eux étire le bras et saisit une manche du kimono.

— Regarde ça! dit-il. Cette fille est une chauve-souris!

Suki sent ses joues s'enflammer, mais elle ne réagit pas. Elle se redresse plutôt et s'efforce de se tenir bien droite, comme le fait toujours son obāchan. C'est facile de rester droite avec un obi serré autour de la taille. Dans les replis de son obi jaune or, Suki a enfoui son mouchoir rose pâle.

— Je m'appelle Mme Sylvie, dit l'enseignante avec un sourire. Et je vous souhaite la bienvenue en première année. Je propose que nous nous présentions les uns aux autres, et que chacun raconte ce qu'il a fait pendant l'été.

Lorsque vient son tour, Suki se lève et dit son nom à l'enseignante.

— Bonjour, Suki, dit Mme Sylvie. Qu'as-tu fait pendant les vacances?

— Ma grand-maman nous a rendu visite, répond la fillette en replaçant ses manches. Elle m'a apporté mon kimono et mes getas.

Elle lève le pied pour montrer à l'enseignante son sabot de bois.

Un rire éclate quelque part dans la classe, mais Suki
prend une grande inspiration et enchaîne :
— Le plus beau, c'est qu'elle m'a emmenée à un
festival. Là, il y avait de jeunes danseuses. Elle étaient
habillées comme moi. Et elles dansaient comme ceci.
Elle exécute quelques pas en balançant les bras
de côté.

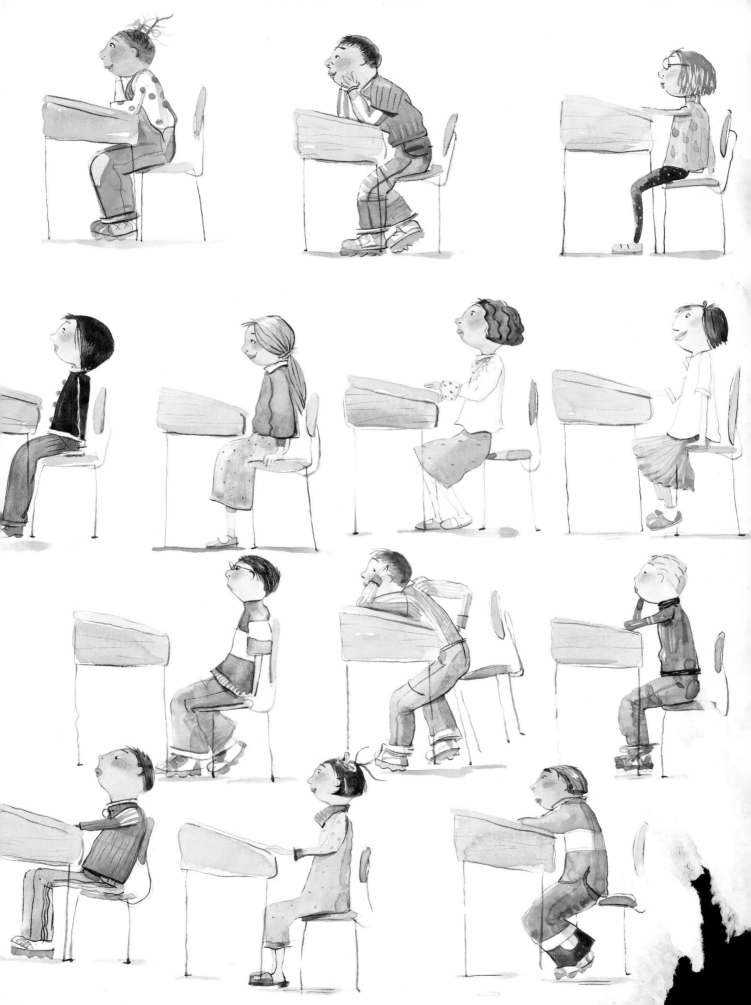

— Regardez, la voilà qui danse, maintenant! souffle quelqu'un, mais Suki n'entend pas.

Elle fredonne la musique qu'elle se rappelle avoir entendue au festival.

Elle se souvient de la sensation qu'elle a ressentie en dansant en plein air, pieds nus dans l'herbe fraîchement coupée qui lui chatouillait les orteils.

Elle essaie de revoir dans sa tête les mouvements des autres danseuses : leur façon d'avancer à l'intérieur du cercle au rythme de la musique, puis de taper du pied, d'abord du droit, ensuite du gauche. Leur façon de balancer les bras, une fois en haut, une fois en bas, et de faire un pas en arrière, puis un autre, et encore un autre, avant d'enchaîner en claquant des mains…

Suki n'est pas sûre de ce qui vient ensuite, alors elle invente un pas, juste pour continuer à danser. *Un-deux, un-deux, un-deux. Et c'est fini!*

Lorsqu'elle s'arrête, la classe lui paraît soudain bien tranquille. Tout le monde a les yeux braqués sur elle.

Suki se rassoit, se demandant si elle ne vient pas de s'attirer des ennuis.

Mais Mme Sylvie la félicite :
— C'était magnifique, Suki.
Et elle se met à applaudir.
Puis Karina applaudit, elle aussi.
Et, après un moment, toute la classe
bat des mains.